Leny Werneck

Ponte Ponteio

ILUSTRAÇÕES DE
Rui de Oliveira

RIO DE JANEIRO — 2011

CIP-BRASIL. CATALOGAÇÃO-NA-FONTE
SINDICATO NACIONAL DOS EDITORES DE LIVROS, RJ

W524p

Werneck, Leny
   Ponte ponteio / Leny Werneck; ilustrações de Rui de Oliveira. — Rio de Janeiro: Galera Record, 2011.
   il.

   ISBN 978-85-01-08347-0

   1. Literatura infantojuvenil brasileira. I. Oliveira, Rui de, 1942-. II. Título.

11-3290   CDD: 028.5
                            CDU: 087.5

Copyright do texto © Leny Werneck, 2011
Copyright das ilustrações © Rui de Oliveira, 2011

Todos os direitos reservados.
Proibida a reprodução, no todo ou
em parte, através de quaisquer meios.
Os direitos morais do autor foram assegurados.

Composição de miolo e capa: Rafael Nobre

Texto revisado pelo novo Acordo Ortográfico da Língua Portuguesa.

Direitos exclusivos desta edição reservados pela
EDITORA RECORD LTDA.
Rua Argentina 171 — Rio de Janeiro, RJ — 20921-380 — Tel.: 2585-2000

Impresso no Brasil

ISBN 978-85-01-08347-0

Seja um leitor preferencial Record.
Cadastre-se e receba informações sobre nossos lançamentos
e nossas promoções.

Atendimento e venda direta ao leitor:
mdireto@record.com.br ou (21) 2585-2002.

*Aos que me ofereceram seu infinito afeto
quando fui criança.
Era protegida e não sabia.*

Leny Werneck

Ponte

Todo dia era aquele passeio. Aurora e tio Ruy saíam cedo. Os cavalos marchavam um ao lado do outro, descansados. Eles conheciam os caminhos. De vez em quando, um trote apertado. Ou um galope. Quase sempre na volta, chegando na hora do banho no córrego e do almoço.

O tio era quieto e falava pouco. A menina também. Os dois gostavam muito daquele passeio e daquela hora. E a cada vez era como se tudo fosse novo: a estrada talhada na terra vermelha dos barrancos, os caminhos entrecortados nos pastos verdes, sobretudo no tempo de chuva, a sombra e o cheiro do velho pau-d'alho, árvore misteriosa que marcava o caminho para o moinho de fubá, a antiga sede da fazenda, do tempo dos escravos, as casas dos colonos. Ao redor, quase a se perder de vista, o cafezal ondeando nos morros, ao vento e ao sol. Junto deles, como naquela manhã, tinha o cheiro forte e bom dos cavalos e dos velhos arreios de couro, suados.

Quando um descobria alguma coisa nova e bonita na paisagem, logo mostrava ao outro. Os dois riam e era só. Podia ser bando de borboletas amarelas no céu azul, lagarto preguiçoso em cima de pedra, quase igual, tomando banho de sol, trem apitando longe e soltando fumaça no ar, antes de aparecer na curva e atravessar a enorme ponte sobre o imenso rio.

Porque era assim que Aurora via o rio e a ponte, os maiores que ela conhecia. O rio era mesmo grande e forte, de águas barrentas. A ponte era toda de ferro, feita para aguentar trem pesado, de passageiro ou de carga. A locomotiva soltava fumaça e apitava nas curvas, puxando a céu aberto os longos vagões cheios de minérios preciosos. Tinha gente que também passava a pé, mas era perigoso.

O pai, o tio Ruy e os outros tios brincavam lá embaixo, nas

pedras junto daquela ponte, quando eram meninos. Aurora tinha visto os retratos. Então a ponte devia ser mesmo muito velha, porque o pai já estava com cabelos brancos. Mas ela era forte. A menina gostava de olhar aquelas vigas de ferro, cruzadas, soldadas e fixadas com toda a força do mundo nos pilares de pedra e concreto que iam até o fundo do leito do rio, firmes e sólidos para sustentar aquilo tudo.

Cada vez que Aurora fazia aquele passeio, ficava pensando como devia ser bom saber construir ponte. E naquele dia, sem mais, no meio daquela beleza toda, ela soltou o que estava guardado.

— Tio, eu queria fazer uma ponte.

— Pra fazer ponte é preciso estudar muito.

Sério, sem mais, ele também. Devia estar distraído, não prestou atenção.

Só que, tendo sido falada, a ideia foi crescendo na cabeça de Aurora. Ela queria muito ser capaz de fazer uma ponte num lugar onde as pessoas e os bichos também pudessem passar, a pé ou de carro, de ônibus ou caminhão. Trem também. Devia ser em cima de um rio, claro. E quando a ponte ficasse pronta, ela, Aurora, ia tomar um tempo, todo dia, para ficar sentada numa pedra, junto do rio, espiando. Ela ficava até imaginando a cara contente dos amigos e conhecidos que iam passar, admirando a maravilha.

— Bom-dia, Bernardino! Já vai levar a marmita pro teu pai?

— Olá, Carlota! Onde é que você vai de vestido novo?

Grandes amigos na fazenda, o Bernardino e a Carlota. É claro que eles iam ser os primeiros a usar a ponte que ela um dia ia fazer. Bernardino ajudava o pai na roça, com os outros irmãos mais velhos. O pai dele trabalhava para o Vô no cafezal, mas era meeiro num pedaço de terra em que cultivava milho, mandioca e os legumes que

a família comia. Bernardino também cuidava um pouco dos cavalos da fazenda, o que era muito útil quando, escondidos, eles iam pegar cavalo no pasto para montar em pelo e apostar corrida, atrás da pedreira, na hora quente da tarde, quando o Vô proibia montar. Era também Bernardino quem levava, numa carroça pequena, os latões de leite até a estação de trem. Na volta ele trazia os latões vazios, o correio e os recados dos moradores das outras fazendas por onde ia passando, pela estrada de terra cheia de buracos que o Vô ia consertando aos pouquinhos, enquanto novos buracos iam se abrindo, a cada chuvarada. Bernardino também estudava na escola pública junto da estação, onde a tia Maria era a única professora.

Como as férias de Aurora, no Rio, sempre começavam mais cedo, ela podia acompanhar por uns dias essa tia professora que dava aula na velha escola perto da estação de trem. Tia Maria era moça e bonita, gostava de ensinar e gostava daqueles meninos e meninas da roça que tinham as mãos calosas de pegar na enxada e vinham aprender a ler com ela. Aurora sempre chegava a tempo da festa de fim do ano, com brincadeiras, presentes, retratos e, maravilha, picolés de uva, encomendados em Paraíba do Sul e trazidos de trem numa grande caixa de papelão, cheia de gelo.

Aurora acompanhava Bernardino, aliás Dino, em tudo que podia. Ela o tinha em alta conta por causa de todas as coisas que ele sabia fazer, tanto no trabalho como nas brincadeiras. Além disso, ele tinha cabelo claro, meio louro, e olhos azuis, coisa mais linda, herança do avô italiano que parou naquelas terras muitos anos atrás.

Carlota era mais para as coisas de dentro de casa. Ela era afilhada de tia Maria e ajudava nos serviços da casa, sob o comando de tia Alice. A mãe dela tinha morrido e o pai era um aventureiro, o Chico Carlota. Ela era esperta e gostava de rir, como o pai. Era quem melhor sabia qual a hora de ficar na cozinha, prontas as duas, ela e Aurora, para raspar panela de mingau de milho verde ou tacho de goiabada. Ou quando era o momento de dar o pulo, sair de fininho para a horta, fugindo de pilar farinha de polvilho ou de encher linguiça, o que era mesmo muito ruim. Tia Alice comandava muitas coisas naquela grande casa de fazenda, porque era a irmã mais velha do pai de Aurora. Ajudara a criar todos os muitos irmãos. Tinha sido, desde pequena, uma espécie de mãezinha deles. E, pouco a pouco, foi ocupando, na direção das tarefas, o lugar da Vó Menina. Aurora nunca ouviu dizer que tia Alice tivesse namorado (tia Maria, sim), mas ela não levava jeito nenhum daquelas tias solteironas, mandonas e bisbilhoteiras que apareciam nos filmes. Era lindinha, só que, é verdade, a Alice gostava muito de mandar. E a Vó Menina ia deixando, cansada.

Aquela avó era a única que Aurora conhecia. De tamanho pequeno (daí o apelido), cabelo branco e pele tostada de sol, tinha mãos finas que sabiam fazer tudo e uma voz de poucas palavras, mas que sabia dar instruções para serem sempre muito bem seguidas. Tinha uma espécie de xodó por Aurora, a netinha mais velha, a afilhada, mas nem por isso fazia mimos ou exageros de festa. A família toda era meio assim, difícil de explicar, pensava a menina.

Tudo isso Aurora pensava, enquanto pensava na ponte. Vó Menina ia ser convidada, claro. Mas Bernardino e Carlota iam ser mesmo os primeiros a atravessar aquela ponte extraordinária que ia ganhando força, coisa de ideia fixa, na cabeça da menina.

— Mas como é mesmo que a gente estuda pra fazer ponte?

Naquela tarde mesmo começou a cair uma chuva fina e miúda que prometia durar uns cinco dias. Para o tio Ruy, tempo de chuva era tempo de cuidar de coisas pequenas e delicadas: consertar gaiola, polir metal de arreio, escrever no caderninho de capa verde que ele guardava sempre no bolso de trás da calça. Abotoado e misterioso.

Para Aurora, era tempo de escrever uma carta pequena para o pai e a mãe e depois ficar andando pela casa atrás das tias, perguntando coisa, escutando conversa das empregadas ou vendo a Vó cortar tempero ou preparar aquelas comidinhas boas que só ela fazia: bolo de fubá, geleia de jabuticaba, requeijão e coalhada.

Tinha também o quarto de costura e dos guardados, onde era possível folhear e recortar revistas velhas ou revirar baú, botando roupa de antigamente, tipo espartilho, e se fantasiando com a Carlota. Então, saíam cantorias e risadas que não acabavam mais.

As cantorias passavam por velhas marchinhas de carnaval e havia duas de que Aurora gostava mais, uma porque falava de flor, da camélia que caiu do galho, e outra porque tinha o mesmo nome dela, uma história de moça que não era sincera e acabava perdendo coisas boas, coisa assim: Se você fosse sincera, ô ô ô ô Aurora, teria apartamento com porteiro e elevador... A Carlota cantava sempre porteira e levador, porque nunca tinha visto um prédio de apartamentos, e elas caíam na risada.

Na tarde do terceiro dia de chuva e de vadiação, Vó Menina reclamou:

— Chega, Aurora, chega de tanta bulha pela casa. Ou você vem fazer crochê aqui comigo, ou vai procurar um livro ou um trabalho pra fazer.

O crochê era o castiguinho disfarçado que ela inventava, quando achava que a agitação de Aurora estava passando dos limites.

— Aliás, sua mãe disse que você tem trabalho de férias, é bom ver isso. Trate de escolher uma ocupação e parar.

— Já parei, Vó!

Entre o crochê e os horríveis exercícios de contas e verbos, Aurora ficou pensando que o melhor mesmo seria sair na chuva, com a velha pelerine dos tios, e espiar a ponte, com o rio cheio e barrento correndo, correndo lá embaixo.

Podia? Não podia.

Então, a ideia fixa voltou. A resposta do tio também.

Para começar, Aurora resolveu procurar um livro de ponte no escritório.

O escritório era o antigo quarto de estudo que tinha servido a todos, ao pai e aos muitos tios e tias quando eram pequenos. Ali, com a Vó, tinham aprendido a ler, escrever e contar. E mais tarde, quando foram estudar no colégio interno e depois voltavam para a fazenda, carregados de livros e cadernos, era ali que eles liam, discutiam e brigavam, quando era o caso. Agora quase todos moravam nas cidades, longe. Os livros estavam quietos, arrumados nas estantes. O quarto tinha virado escritório. À noite, o Vô se sentava junto à larga escrivaninha e ficava, horas e horas, separando dinheiro para os pagamentos e fazendo contas sem fim, com a cabeça branca e o rosto fino iluminados por um lampião que dava uma luz muito clara.

Porque não havia eletricidade na fazenda. Nem automóvel. O Vô tinha parado no tempo. Nessas horas, ninguém entrava lá porque ele fazia uma cara muito amarrada. Aurora tinha a impressão de que ele estava zangado com todo mundo.

Aquele avô era especial, de um outro jeito. O nome dele era

Francisco Maria, mas era conhecido por Major. Isso porque nasceu no tempo do império e dos escravos, e o imperador, que era amigo do avô dele, um dia o presenteou com o título de Major da Guarda Nacional. Era uma coisa comum naquela época. O Major nunca pegou em armas, só em espingarda de dois canos para matar gavião. Para Aurora ele era Vô Major. Ela achava que a cabeça dele funcionava como se ainda estivesse no tempo do império. Sem escravos, ainda bem.

Durante o dia, o escritório era um lugar cheio de sombras, com cheiro de papel. A menina entrou, abriu um pouco a janela e ficou olhando as lombadas dos livros, como se fosse encontrar resposta. Mas não achou nada que pudesse ter jeito de ensinar a fazer ponte. Então lembrou que devia seguir a intuição, como tia Maria explicou outro dia. Ou seja, ir percebendo as coisas sem precisar falar, ouvir ou espiar, sentindo no ar, como a tia dizia. Será que com livro ia dar certo?

Foi assim que Aurora escolheu um velho dicionário ilustrado, lembrando que um dia o pai mostrara o desenho de uma ponte na página que abria a letra P, explicando que era uma ponte pênsil. Esse devia ajudar.

Depois, ela pegou um atlas cheio de mapas rabiscados, nomes de rios anotados pelos tios. Sempre podia servir. Apanhou também uns livros de histórias antigas, com figuras coloridas e desbotadas, lindas. Que ninguém aguenta ler só palavra, quem sabe nos desenhos ia encontrar ideias para essa ponte que um dia ela ia fazer...

E, para terminar, de repente até meio esquecida da ponte, Aurora passou a bisbilhotar uns livros grossos, de quando os tios já eram grandes e só estudavam coisas importantes. Como era bom ter tanto tio e tanta tia estudando tanta coisa diferente: livros de farmácia, de contabilidade, de máquinas, de desenho e de leis. E ainda receitas de comida e de tricô, riscos de bordado. E um de plantação de café, com o retrato de um engenho igual ao da fazenda, será que era o mesmo? E mais, livros escritos em outras línguas, um dicionário de latim todo esfolado, onde havia os nomes do pai, do tio Livio e do tio Ruy. Esse tinha durado! A visita de Aurora ao escritório demorou um tempão, enquanto durou a chuva, que durou mesmo vários dias.

No resto da casa, sossego geral. A Vó ficou achando que a menina estava fazendo os deveres das férias, boa coisa. Ou então preparando uma daquelas, quando o malfeito só aparecia depois de feito. O melhor mesmo era esperar e gozar a paz e a chuva para fazer com as empregadas uma boa reserva de compota de goiaba. Que cheirava pela casa toda, chamando Aurora para largar tudo e correr até a cozinha. Uma provocação. Mas a menina estava mesmo empenhada no meio dos livros.

A cabeça andava longe.

Construção

A CHUVA passou, afinal. E logo a menina e o tio pegaram os cavalos para o passeio, na manhã limpa e fresca. Quando pararam na sombra do pau-d'alho, ela contou:

— Tio, acho que já estou um pouco preparada para fazer ponte, estudei esses dias todos.

— Que ponte, Aurora?

— Ponte em cima de rio, eu te falei outro dia. Ponte de deixar passar gente e bicho, carro e trem! Você disse que pra fazer ponte precisava estudar, lembra? Eu já comecei.

Só então é que o tio lembrou da conversa. A menina estava olhando muito séria, esperando resposta. Era por isso que Aurora tinha sumido aqueles dias. E agora estava ali, até meio palidazinha. A menina tinha estudado, era isso.

Agora ela merecia uma boa explicação.

Ele explicou. E Aurora foi ficando triste, sem graça.

— Então, a verdade é que a gente não pode fazer ponte nenhuma enquanto não for grande e engenheira? É isso?

— Ponte grande como você falou, é.

— É sempre assim, tudo que a gente gosta e quer fazer logo, logo tem sempre que deixar pra depois. Por que, tio?

— Bem, nem tudo. Mas o estudo é uma coisa necessária. Você não ficou pensando que era só começar a ler uns livros para ficar preparada, não é?

Aurora foi parando de escutar o tio Ruy, tio tão querido e que agora estava falando como um daqueles locutores de rádio que ela às vezes ouvia em casa. O pensamento dela foi parando, parando até ficar bem parado no meio da manhã, na sombra do pau-d'alho.

O tio percebeu que estava falando sozinho e parou também.

Uma pausa e logo depois uma ideia.

— Olha, Aurora, eu sei como é que é ruim quando a gente não pode fazer uma coisa boa que tem vontade, eu sei! Ou que tem que esperar um tempão... E não é só porque a gente é criança, não; você pode ficar sabendo que gente grande também fica bloqueada, fechada com muita ideia boa, sem poder avançar. Isso é duro, pode ficar sabendo.

O tio falava tão sério e tão sentido que a menina logo percebeu que ele tinha entendido. Ficou mais consolada.

— Você também tem um monte de coisa que não pode fazer, tio?

— Tenho, Aurora. E como... Mas também acontece, às vezes, que a gente acaba dando um jeito de fazer o que deseja, ou sonha. Olha, tive uma ideia. Conheço um lugar aqui mesmo onde uma ponte faz falta. Não é no rio, lá só pode ter ponte de engenheiro. É no córrego, no fundo da horta. O Antero, coitado, está tão velho e cansado que mal dá conta de passar com o carrinho de mão por cima das pedras do leito do córrego, na parte rasa. Ele dá uma volta danada para chegar no cercado dos marrecos. E a Emília se molha toda, todo dia, quando vai pegar fruta lá no fundo do pomar, na grota dos cajueiros. Além disso, do outro lado, mais adiante, tem uma prainha de areia fina onde você, o Bernardino e a Carlota vão poder brincar. Agora ela está escondida no matagal, mas a gente capina. Vamos dar uma espiada?

A menina ficou espantada.

— Como é que você sabe tanta coisa, tio?

Ele riu.

— É fácil, eu nasci aqui. Então, vamos lá?

Naquela noite mesmo, à luz do lampião de luz clara, eles come-

çaram a desenhar a ideia da ponte, como chamou Aurora. As tias davam palpite. Tia Alice, prudente, lembrava que os canteiros da horta eram intocáveis. Tia Maria, professora, já queria fazer uma lista do material.

Vó Menina também teve o que dizer.

— Isso demanda trabalho de homem. E todos os empregados estão ocupados no pasto ou na plantação...

— A gente pode fazer um mutirão.

— Você já falou dessa ideia com seu avô, Aurora?

— Claro que não, Vó. Ainda não...

O primeiro desenho da ideia da ponte foi feito no papel, completado com muitas palavras. Assim, ficou decidido que ela ia ser pequena, mas forte, para poder aguentar uma enchente em tempo de chuva. Tinha que ser bonita, porque o lugar era lindo demais e as pessoas e os bichos que fossem passar por ali, mesmo sendo poucos, mesmo estando cansados, velhinhos ou apressados, tinham que aproveitar aquela beleza toda, tão verde e tão calma.

Depois de muita rabiscação e discussão, eles passaram para os materiais. Iam precisar de madeira, tijolo e cimento. Água e areia tinha lá mesmo.

— Ferramentas também — lembrou tia Maria.

— Gente, afinal de contas, vocês já falaram com papai sobre essa ideia de ponte? — lembrou tia Alice.

— É verdade, amanhã eu falo.

Vô Major já estava no quarto, mas devia ter escutado tudo porque no dia seguinte nem fez muita pergunta, disse logo que sim. Ele deixou usar a carpintaria e cortou a madeira nas medidas certas.

Depois, mandou o Sebastião, irmão mais velho do Bernardino, ajudar. Sebastião era bom pedreiro.

Ao todo, eles eram cinco: o tio, Aurora, Carlota, Bernardino e Sebastião. Mas apareceu de surpresa o Chico Carlota, o pai aventureiro da Carlota. Ele não era empregado da fazenda, fazia trabalhos de empreitada e tinha uma habilidade extraordinária com os cavalos, tanto para domar como para tratar deles. Chico Carlota era forte e grande, tinha a pele cor de bronze, uns cabelos crespos esvoaçados que escapavam do chapéu de abas largas e uns olhos verdes enormes, como os da filha. Mais um riso e um falar forte que não eram muito comuns por ali. Um falar de gente que gosta da liberdade. Chico Carlota era quase um herói para os meninos. E mais herói ele ficou, aparecendo assim naqueles dias, disposto a ajudar.

A construção começava cedinho, de manhã. Aurora carregava tijolo e ajudava com a madeira. As mãos dela ficaram grossas, esfoladas.

Vó Menina achava esquisito, isso de menina ficar trabalhando de pedreiro em vez de brincar de boneca e comidinha. O tio respondia:

— Deixa ela, deixa ela aproveitar.

E a Vó respeitava. Quando fazia calor forte, mandava levar limonada para todo mundo. As tias davam umas espiadas e se espantavam com o andar da obra. Os três homens faziam o trabalho pesado.

Festa e adeus

Naqueles dias, Aurora só pensava na ponte, era uma alegria enorme para ela. O entusiasmo era tanto, que nem reparava as idas e vindas do avô pelos cafezais na companhia de uns homens que chegavam de carro, mais o fazendeiro da Bela Vista, vizinho.

Naqueles dias, depois do jantar, ela ia direto para a cama e não via que os grandes ficavam na mesa sem muito assunto de conversa. Nem que o tio, naquela hora, trocava o riso do dia por um ar preocupado de quem está meio longe e triste.

Naqueles dias, na velha casa da fazenda, os adultos viviam grandes preocupações. E a menina vivia seu entusiasmo.

Até que a ponte ficou pronta. Pequenina, forte, linda, bem como o tio e a menina queriam que ficasse. Todo mundo da fazenda foi lá espiar e atravessar, achando graça. O Antero gostou demais e disse para Aurora:

— Deus te proteja, menina!

O Chico Carlota aproveitou para fazer uma despedida espetacular. Montou no seu cavalo baio e atravessou a ponte, dando adeus a todos com o chapéu de aba larga. A Carlota chorou.

O Bernardino foi até a prainha de areia fina e trouxe umas pedras redondas, lisas, para enfeitar.

À noite, teve fogueira, milho assado, batata-doce e caldo de cana, um presente do Vô e da Vó. E Aurora até pensou em escrever para o pai e a mãe, contando o acontecimento.

Mas o tempo das férias grandes tinha passado ligeiro e já estava chegando a hora de voltar para casa, para a escola, para a cidade. Era sempre tia Maria quem levava Aurora de volta. A tia gostava muito do Rio. Fazia compras, olhava as modas, ia ao cinema e ao teatro, visitava as antigas colegas de colégio, os primos e os irmãos que moravam por lá.

Para a menina, ir embora da fazenda era sempre uma dor. E agora mais ainda, por causa da ponte, da prainha, daquela amizade que tinha ficado mais forte com o Bernardino e a Carlota, o Sebastião e o Antero, depois daquele trabalho todo que eles tiveram juntos.

— Agora, só daqui a mais uns meses, nas outras férias — falou a Vó. Ela também sabia que ia sentir falta da menina.

O tio viajou junto, foi tratar de negócios. Negócios dele e do Vô, que já estava mesmo velhinho e não gostava de deixar a terra.

O tempo passou ligeiro, mais uma vez. E as novas férias chegaram. Dessa vez, mais curtas, no tempo mais frio e seco do inverno.

A volta à fazenda foi cheia de alvoroço.

— E a ponte?

— Vem ver.

Aurora saiu correndo para o lado do córrego com os amigos.

A ponte estava ótima. Bem plantada e bem cercada de plantas que a Vó tinha levado da horta e do jardim, para enfeitar e para fixar bem a terra em torno.

— Ah, que linda! E o Antero, tem passado?

— Só tem. Ele e todo mundo, essa ponte é uma mão na roda.

Todo mundo não era muita gente, mas Aurora ficou muito contente em saber. Mas a menina ficou sabendo também que aquelas seriam suas últimas férias na fazenda, o Vô estava vendendo. A notícia caiu como um desabamento na cabeça dela.

— Mas como?

A fazenda era uma daquelas certezas totais para ela, como o dia e a noite, a chuva e o sol, o rio e a ponte. As pontes, agora.

O tio explicou.

— O negócio de café anda ruim faz tempo, Aurora. E o seu avô é um cabeça-dura, teima em fazer tudo à maneira antiga, não escuta ninguém. Acabou perdendo muito dinheiro.

O tio foi explicando, explicando. Explicou uma porção de coisas com aquele jeito atento e manso que era tão bom. Mas os olhos dele estavam tristes, nem pareciam os mesmos de quando eles saíam a cavalo e ele parava para seguir voo de passarinho no ar.

Fazia escuro na sala grande, fazia frio. A Vó estava ao lado, fazendo crochê e parou para afagar o rosto de Aurora. A mão, pequena e tão firme sempre, parecia tremer um pouquinho.

A menina foi ficando com uma vontade danada de levantar, sair correndo e sumir de repente. Se esconder. Subir no alto do morro, trepar no cajueiro mais alto e soltar um grito que fosse escutado do outro lado do rio, do outro lado do mundo.

E fez, no dia seguinte.

Naquele momento, naquela noite de inverno, ela precisava escutar e entender. Quando o tio acabou de falar, saiu um suspiro fundo. E a menina não sabia dizer se vinha dele, da Vó Menina ou dela mesma. Ficou no ar.

— Tio, acho que dessa vez vou ter que aprender uma coisa nova.

— Onde, Aurora? Na escola ou nos livros do escritório?

Ele deu uma piscadinha maliciosa, lembrando o estudo de fazer ponte. Aurora percebeu, mas não teve jeito de rir.

— Não é nada de estudo, nem de construção. É capaz que seja até mais difícil.

— Fazer ponte não foi difícil, a nossa está até muito boa. Firme e forte, vai durar anos, você vai ver!

— Eu vou ver? Mas como, tio, se a gente vai embora? É isso que eu quero dizer, acho que vou ter que aprender a... a me despedir. Da ponte, dos cavalos, da terra, dos amigos, do rio, do velho pau-d'alho, do...

Aurora perdeu o fôlego.

— Mas o que é isso, minha netinha?

Nunca antes a Vó tinha falado assim. E a mão dela veio, de leve, outra vez passear pelo rosto da menina.

— Eu vou ter também que aprender a lembrar, antes de esquecer.

O tio soltou um riso pequeno, quase distraído e encabulado, igual a ele mesmo.

— É assim mesmo, Aurora. E pra aprender essas coisas a gente não precisa ter idade nem estudar nos livros. É só começar...

A cada manhã, Aurora dizia baixinho que era preciso guardar tudo dentro dela, para não esquecer. Ela acordava cedinho e, ainda com frio, corria para reparar nas cores, nos cheiros e no jeito das plantas do jardim, da horta e do pomar.

Naquela hora, uma teia de aranha, pesada de orvalho, era a maravilha. O passeio a cavalo com o tio Ruy era como se fosse o último, a cada vez. Tudo parecia mais forte, mais colorido, mais lindo. Para não ser esquecido.

Pouco a pouco, as conversas voltaram a ser normais, quer dizer, como as de antigamente. As brincadeiras com o Bernardino e a Carlota, iguais. A ponte estava linda, era o lugar de eles se encontrarem, de ver o Antero passar, empurrando carrinho com farelo de milho.

— Adeus, ponte! Adeus, manhã! Adeus, Bernardino, Carlota, todo mundo! Adeus, Topázio, meu cavalo alazão que o Vô Major

vendeu e botou o dinheiro no banco, para mim. Não quero dinheiro, quero o cavalo. Quero as borboletas, os bezerros e as vacas que têm nomes de gente, os gatos rodeando o fogão a lenha, o Joli e o Campeiro, meus cachorros preferidos, quero os bichos todos, as árvores, os caminhos, o vento, o rio! Adeus, rio!

No último vagão do trem, depois da última curva, antes da ponte grande, Aurora ainda dizia adeus. Vó Menina, tia Alice e os amigos tinham ficado para trás, na beira da estrada de ferro. Lá, no lugar e no tempo onde sempre se postavam com lenços na mão. Lá, onde até o Antero foi, acenando com o velho chapéu de palha.

Ponteio

Vô Major, Vó Menina e as tias se instalaram numa casa com varanda num terreno grande, na encosta de um morro cheio de mangueiras, na cidadezinha perto da fazenda.

Logo na primeira visita, Aurora encontrou os amigos esperando por ela na estação de trem. A Carlota viera junto, estudava no novo grupo escolar onde a tia Maria agora dava aula. O Bernardino continuava na fazenda, mas já tinha pedido ao Vô para arrumar trabalho na cooperativa de leite, no ano que vem. O tio também tinha vindo de férias.

A casa era antiga, toda branca, pintada de novo. Aurora passeou pela sala, os quartos, a cozinha. Fez vistoria geral, achando que os móveis tinham ficado grandes demais ali. Mas os hábitos eram os mesmos porque tia Alice se ocupava de tudo de maneira que não houvesse mudanças bruscas, coisa de que ela não gostava nem um pouco.

Nos primeiros dias, a menina preferiu ficar em casa e no grande terreno, no meio das mangueiras, coisa de acostumar.

Cada um tinha o seu próprio jeito de se acostumar.

Vô Major gostou da luz elétrica e dos carros, que assim a vida ficava bem melhor. Mas quando falava, era sempre das coisas do passado. Vó Menina descansava, depois de anos e anos de lida na fazenda. De dia, cuidava do jardim, que era lindo, e à noitinha ia ao cinema, levando Aurora junto. O cinema era pequeno, as pessoas mais ou menos se conheciam. Os filmes eram antigos, quase todos em preto e branco. Mas a emoção era sempre forte para Aurora. Na saída, elas encontravam o Vô Major, todo vestido de linho branco e chapéu-panamá, tirando relógio do bolso para verificar bem a hora. E os três caminhavam devagar pela calçada, dizendo boa-noite aos conhecidos e fazendo uma paradinha na padaria para comprar picolé de uva para a menina. Uma delícia.

Até que um dia Aurora tomou coragem e perguntou ao Bernardino, que estava de passagem:

— E a ponte, aquela que a gente fez?

Era só o que ele estava esperando. Começou dizendo logo que os novos donos não moravam lá, era tudo gente de banco. Eles tinham acabado com os cafezais e a mata virgem.

— Fizeram pasto de invernada, onde tinha plantação, e só guardaram o gado de leite. Venderam as madeiras todas, era só caminhão saindo carregado. Parecia uma devastação de formiga. Então, no inverno, teve uma seca medonha e o pasto pegou fogo. O fogo chegou no pomar e quase acabou com tudo, mas a pontezinha aguentou firme e muita gente passou por ela, fugindo do fogo, carregando os pertences. Bicho também passou, fugindo igual. Depois, o riacho secou.

A Carlota completou:

— Meu pai disse que teve gente que achou até que a ponte nem ia ter mais serventia.

O Bernardino riu.

— É mesmo, mas não foi nada disso, deu tudo o contrário. Caiu um pouco de chuva, o córrego voltou a correr e o verde foi voltando um pouco. Mas com as chuvas fortes do verão as terras do alto do morro, sem a mata, não aguentaram. Teve um aguaceiro daqueles e foi tudo desbarrancando, barranco caindo na enxurrada da chuva grossa. Essa durou quase uma semana e outra vez teve gente fugindo de casa, carregando os pertences. Lembra da Emília e do Totonho? Pois é, eles tiveram que correr da enxurrada.

— E foi tudo passando na ponte?

— Tudo, gente e bicho, fugindo da chuva e da enchente. Foi todo mundo pro engenho de café e pra casa-grande. A água do córrego até cobriu um tanto da ponte, mas mesmo assim dava pra passar, com certeza.

Eles contaram outras coisas, os amigos. Aurora desatou as lembranças e ficou perguntando, perguntando. Os lugares e as pessoas estavam ali mesmo, era só falar que eles apareciam. Mesmo sabendo que nada era igual, era possível falar e escutar.

Naquela noite, na mesa do jantar, Aurora não falou das novidades que tinha escutado. Eles já deviam saber. Mas quando deu uma espiada para o lado do tio viu logo que ele estava com um jeito de quem queria puxar conversa, soprando o café na xícara um tempão, meio rindo.

— Vamos lá na varanda, Aurora?

A varanda tinha cheiro de rosa-trepadeira e de jasmim-do-cabo, tudo lindo e cuidado pela Vó. E dali dava para ver as luzes piscando, mais embaixo. De dia dava também para ver as duas enormes pontes que ligavam os dois lados da cidade, onde o rio ficava largo e caudaloso. Uma ponte era só para os trens, a outra era para carros, ônibus, caminhões, bicicletas, charretes puxadas por cavalos, carroças puxadas por parelhas de bois, gente e bichos de toda espécie.

Tinha também um silêncio de mato, com grilo, sapo e piado de passarinho que se acomoda na noite.

— Tio, quem sabe amanhã a gente sai para fazer um passeio?

— Estava mesmo pensando nisso, Aurora. Vamos sair bem cedo, aproveitar o fresco da manhã. Tem muita coisa de se ver nesses morros. Acho que vou pegar uns cavalos bons...

Os dois ficaram quietos outra vez.

— Sabe, tio, parece que a nossa ponte valeu mesmo. Mesmo se a gente teve que deixar ela pra trás.

— Sei, Aurora. Ela valeu também pelo gosto que a gente teve, junto, construindo. Lembra?

— Lembro.

O tio Ruy passou de leve a mão pelos cabelos da menina.

— Boa-noite, Aurora.

— Até amanhã, tio.

Ele saiu para a rua, quem sabe encontrar amigos, quem sabe ver namorada.

Aurora ficou pensando no dia seguinte. No passeio da manhã com tio Ruy e no cinema à noite com Vó Menina. O filme, ela sabia e tinha visto fotos. Era antigo e em preto e branco: *Gunga Din*, passado na Índia. Uma viagem.

Ponte Ponteio é uma antiga história antiga: nela conto coisas acontecidas no fim da primeira metade do século xx e a escrevi há algum tempo. Guardei-a e depois fui mexendo, devagarinho, até ficar com vontade de mostrar aos amigos e aos leitores.

Ponte Ponteio é também uma história simples. Quando a gente é pequena, pensa que tudo que nos faz feliz deve durar para sempre. Mas também é bom avançar, mudar, crescer. E guardar lembranças.

O rio é o Paraíba do Sul. Ele perdeu muito de suas águas, mas resta a ponte, a grande. As terras de plantação de café perderam sua força, mas restam os morros. A casa nunca mais foi habitada da mesma maneira, parece que acabou se desmanchando, foi caindo aos pedaços, mas resta o engenho. Essas terras hoje são cortadas por uma rodovia importante, frequentada por caminhões, carros e ônibus, noite e dia. Parece que tem até uma curva perigosa, chamada a curva da Madalena, nome da fazenda...

Leny Werneck
RIO, 2011

Leny Werneck

Nasceu no Rio de Janeiro. É escritora, tradutora, jornalista cultural e conselheira editorial. Com cerca de vinte títulos infantis publicados no Brasil e na França, foi vice-presidente do IBBY, trabalhou como consultora para a UNESCO e foi a responsável pelo primeiro *stand* do Brasil na Feira Internacional de Bolonha.

Gosta de trabalhar com ilustradores porque acredita que eles sempre iluminam seus textos. *Ponte Ponteio* é fruto de uma grande cumplicidade com o grande artista Rui de Oliveira e o livro de estreia da autora na Editora Record.

Rui de Oliveira

Nasceu no Rio de Janeiro. Já obteve mais de 18 prêmios como ilustrador no Brasil e no exterior. Professor há 24 anos do curso de Desenho Industrial da Escola de Belas Artes da UFRJ, é mestre e doutor em Estética do Audiovisual pela USP.

Quando trabalha com um texto, é como se estivesse se preparando para uma viagem. Em *Ponte Ponteio*, a partir das memórias visuais da autora e de fotos antigas, cartas e relicários de personagens reais que não mais existiam que passou a desenhá-los, e, durante um tempo, a revivê-los com suas ilustrações. Espera que as flores – o *amor-perfeito* e o *lírio-do-campo* que desenhou ao longo do livro – representem a brevidade daquilo que será sempre eterno: o afeto e o desenlace entre as pessoas.

Este livro foi composto em Adobe Jenson Pro 12/18
e Olicana e impresso por Markgraph em janeiro de 2011